El monst
convirtió

CW00525442

Cuentos y relatos con IE, Inteligencias Múltiples, PNL, Bullying

Motivación, cambio, superación y éxito

Dr. Benigno Horna

MHRP

Primera edición, Mayo 2020

Los dibujos han sido realizados por José Cobo.

www.benignohorna.com
+34607525006

Para Marimar Agudo Horna

Agradecimientos:

A Irene por ser lo mejor que me ha pasado en la vida y a Jose, por haberme hecho ser el abuelo de Mari.
A Raquel y a su familia que siempre lo serán para mí. A PGRTQ (2+6).
A mi familia y a mis amigos Fernando (QEPD), José, Luis y Birgit.
A mis alumnos de la Bircham International University BIU.
A Fabiana y Flavio. A Densy, Paula, Aisha, Kadijah y Amina.
A la familia Oller Gómez (Esme, Antonia y José A) Miguel y Sacarina. A Ana Zabala, Rosi Kanija y Paqui García de la Clínica Dental Francisca García. A Eva, Ulpiano, Federico, Esme, Luis, Flavio, Prado, Idoia, Tomás A. Noemy. Lorena. Yasmin, Mila F, Miguel Ángel B. Carmen García, Ana y Alf. Ramón, Antonio y Jesús por la piscina. A Mari Carmen Aranda y La Magia de la palabra. Y sobre todo, a mis amigos de Facebook. Playa de Vera, Garrucha y Mojácar Almería. Mayo de 2020

3

Prólogo

Conocí a Ben en el Parque El Retiro, en La Feria del libro de Madrid, yo había llegado algo tarde y lo encontré en el césped, sentado, probablemente absorto con sus amigas las hormigas, de quienes seguramente aprendió cosas tan valiosas, que no quiso quedarse con ellas, porque su generosidad no se lo permite.

Su imaginación tan frugal, su ánimo contagioso y su buena disposición, me hicieron deducir que se trataba de él; yo acababa de comprar su libro «Construye tu vida y crea tu destino», en un centro de conferencias de Madrid, y quería que me lo firmara aquel día, cuando abrieran las casetas de la Feria.

Al final, cuando logré llamar su atención, me preguntó que qué pensaría yo, si él, en algún momento, decidiera escribir sobre una situación particular de alguien del pasado, que presentaba una condición especial y a quien se entregó sin reservas y sin miramientos de ningún tipo.

Es de aquí de donde deriva el título de este cuento de empatía y destaca sobremanera el valor de amistad.

En esta historia podemos apreciar cómo el poder mental y la grandeza de una personalidad única e inigualable, deja a un lado el prejuicio y la apariencia, en donde se resta importancia a lo material y lo superficial, y aflora lo que verdaderamente importa para ser una persona exitosa, una maravillosa alma de luz, una preciosa mariposa.

«Vas a sanar, porque te ríes con el alma, porque eres de corazón noble, porque la vida tiene algo aún mejor esperando por ti. Porque lo mereces. Y porque a pesar de todo, brillas hasta con el alma rota».

Anónimo.

Cuando se tiene el espíritu aventurero y lleno de expectativas, las probabilidades nos llevan a abordar con gran entusiasmo, temas de otras culturas y otras vidas, con una perspectiva diferente y fresca, donde la esencia del humano se alinea con la perseverancia, la esperanza y la alegría, para recordarnos, cuáles son la cosas que realmente interesan y nos llenan de satisfacción.

Barú, el protagonista del segundo relato, nos enseña, que todo lo que se hace con amor, desinterés y sinceridad regresa a ti con mayor proporción. No importa cómo te pagan los demás, la recompensa viene de arriba y no llena tu ego sino tu corazón. Del mismo modo, no puedes obligar a alguien a comprender un mensaje que no está listo para recibir. Aún así nunca debes subestimar el poder de plantar una semilla.

La naturaleza, siempre presente con su estoicismo y su gran poder de persuasión, es la protagonista de las últimas tres historias, en dónde el autor se desdobla y juega un importante papel hipnótico, para desvelar los misterios de un abeto, unas hormigas y un padre árbol, que le sienta en sus piernas, y le hace asimilar un sinfín de enseñanzas y lecciones, en forma de filosofía fluida y natural.

Son cinco cuentos llenos de entusiasmo, picardía, gracia y sobretodo vivencias estampadas y narradas de una forma jamás vista, que le transportará a conocer esa parte tan humana y tan espiritual que brota en cada una de las entregas de este prolífico autor.

Nilda Requena.

El monstruo que se convirtió en una mariposa

En el verano de 1977, en una discoteca de Santander, en el norte de España, conocí a una chica enigmática de 18 años de Madrid, que tenía una mancha roja de nacimiento en la cara, parecida a un angioma.

Meses atrás yo me había roto la tibia y el peroné de mi pierna izquierda y me acababan de quitar las dos escayolas que tenía puestas. Como no podía bailar música movida, me encontraba frustrado por aquello, viendo a los amigos divertirse, mientras les guardaba las sillas de una mesa.

Desde que veía aparecer a la joven misteriosa por la puerta, no le quitaba el ojo de encima. Normalmente se escondía detrás de una columna oscura muy cercana a la pista de baile y aquello me resultaba desconcertante.

Después de varios días en que continuamente nos cruzamos la mirada, de pronto una noche vino hacia mí y de una manera muy educada me pidió permiso para sentarse, en una de las sillas que estaban vacías.

Se llamaba Raquel y estuvimos hablando durante un buen rato de cosas intrascendentes, como si de verdad nos conociéramos de toda la vida. La música sonaba a tope por los altavoces y el humo del tabaco nos envolvía en una nube de polvo y cenizas.

En el momento en que hubo un cambio de música y pusieron la lenta, sin pensárnoslo dos veces, salimos cogidos de la mano, hacia la pista de baile y como la intensidad de la luz era bastante baja, los dos nos relajamos un poco, de los nervios que teníamos de estar frente a frente.

Por primera vez desde que la había conocido, no se preocupaba por su mancha roja de la cara y como se dio cuenta de que a mí no me importaba, dándome un cariñoso beso, me comentó, que ella ahora se percibía como un monstruo horroroso y que estaba yendo a un psiquiatra para que le ayudara a superarlo.

Muchas noches de aquél verano, nos hacíamos mutua compañía mientras veíamos a los demás divertirse y nosotros lo hacíamos también. Mis amigos nos llamaban los lesionados, que queríamos ser un tanto esnob.

Cuando ponían música rápida, íbamos a sentarnos y cuando cambiaban a una más lenta los dos salíamos a bailar como si tal cosa Pasábamos de dar pena, a ser la envidia del local.

Tanto entusiasmo le pusimos al estar juntos disfrutando de las pequeñas cosas de la vida, que a los pocos días, ya éramos algo más que amigos y nos hicimos novios.

Tan sólo hubo algo que no me gustó demasiado porque me puso una condición, que sólo lo seríamos, mientras durara el verano. No entendí mucho aquello y decidí por primera vez en mi vida, vivir el presente y dejarme de preocupar por lo que podría pasar en el futuro inmediato.

Dos días después conocí a sus padres en una churrería de Santander llamada "Aliva". También vinieron sus hermanos y aquello al principio me dio mucho miedo, pero a la postre no se me notó.

Al darle la mano a su padre, nos dimos cuenta que ambos frecuentábamos la Bolsa de Madrid, a la que los dos éramos asiduos asistentes.

Por coincidencias de la vida, nos habíamos conocido años atrás en la Plaza de la Lealtad de Madrid y también habíamos coincidido muchas mañanas desayunando en la terraza del Hotel Ritz.

Nos teníamos mucho respeto y durante aquellos días que ejerció como mi suegro, me enseñó mucho sobre temas financieros y yo a operar a corto plazo comprando y vendiendo en tan sólo diez minutos que duraba el corro, donde lo más importante era la información.

Por entonces yo era muy conocido en los entornos financieros de Madrid, porque además de ganar dinero en la Bolsa, tenía un Peugeot 504, algo así como actualmente conducir un Porche o un Ferrari último modelo.

Me lo había regalado mi tío Jaime Gómez y su mujer Silvia Salazar, cuando se compraron un coche Mercedes y aquello era toda una sensación. Ambos autos tenían matrícula turística y en Santander me llamaban "el indiano".

Por entonces yo tenía 22 años y estudiaba Ciencias Económicas y Empresariales en la Universidad Complutense de Madrid y llevaba algunos años frecuentando el "parket" madrileño, primero con mi abuelo Rafael y posteriormente con mi vecino el Dr. Iñigo que era un gran inversor y excelente cirujano.

Los padres de Raquel eran muy buena gente y con tal de que su hija estuviera feliz, yo era siempre bienvenido a su casa aunque creo que de verdad, me apreciaban bastante.

Como el clima del Cantábrico resulta impredecible, varios días lo pasábamos encerrados en el terreno de su casa, que tenía un jardín estupendo y una piscina inflable, donde agarrados de la mano veíamos a las nubes pasar.

Hubo algo que me impresionó mucho y fue su casa de muñecas, a la que llevaba muchos años sin entrar. Allí me confesó que tenía un cuerpo de tentación y una cara de arrepentimiento.

Algunos días nos íbamos en el barco de unos amigos, hasta la isla de Mouro, a pasar el día. En otras ocasiones, cogíamos el coche para ir a la playa de Mataleñas, que estaba muy cerca del Faro de Cabo Mayor.

Allí no conocíamos a nadie, porque en lo alto, a la entrada de la bajada hacia la playa, había un camping que solía estar lleno de turistas belgas, alemanes y franceses.

Raquel era muy conocida por sus gafas negras y los grandes sombreros que lucía, para resguardarse del sol y ocultar su mancha.

Un día por la mañana cuando fui a buscarla a su casa, me abrió la puerta su abuelo materno. Raquel le quería mucho y no dudé en entrar para desayunar, después de que me hubiesen invitado.

Conocí también a su abuela y después de interrogarme sobre mi familia, resultó que él, cuarenta años atrás, había conocido a mi padre.

Me miró a la cara y echándose a reír, me dijo que yo era hijo del "Indio".

Quedé muy sorprendido por aquello y enseguida me aclaró que durante muchos años, habían sido vecinos en calle del Alta, muy cerca de donde estaba el Colegio de los Salesianos, ahora llamada la calle del General Dávila.

Se habían conocido en los años treinta y cariñosamente le llamaban indio, porque aunque había nacido igual que yo en David, Panamá, su padre le había mandado a estudiar, siguiendo la tradición del "Hereu", por ser el mayor de los hijos varones de mi abuelo. Mi padre llegó a España con tan sólo diez años en 1930.

Qué casualidad tiene algunas veces la vida pensaba, cuando minutos después de haber terminado de desayunar, le estaba ayudando a poner una agarradera de seguridad en la bañera de su casa.

Me contó una anécdota de cuando mi padre pasó la primera Navidad en Santander. Él estaba acostumbrado a los regalos del día de Navidad y a la abundancia de Panamá y en la mañana del 25 de Diciembre, preguntó desconsolado que dónde estaban sus regalos. Una tía suya llamada Aurora, que hacía de mamá y de papá, le explicó que en España, tendría que esperar al día de Reyes para recibirlos.

Mi padre se pasó todos esos días pensando en los regalos que los Tres Reyes Magos le traerían. Y por fin llegó el tan ansiado día y se debió de llevar una de las peores sorpresas de su vida.

Al despertarse e ir al salón de su casa, se encontró con un gran paquete. Al abrirlo, lo que apareció fue otro envoltorio y después de casi media hora de estar abriendo su regalo, lo que al final obtuvo, fue un trozo de carbón, que era lo que le regalaban a los niños traviesos como él.

Mientras el abuelo de Raquel me lo contaba, se me revolvió el estómago y se me saltaron las lágrimas. Conocía muy bien aquella historia- Me imaginaba el profundo dolor y amargura que mi padre sufrió aquel día.

A partir de ese momento mi progenitor se hizo mucho más duro. Aunque por dentro, era un ser luminoso lleno de cariño.

El abuelo al ver que mi cara se había hecho un poema, me pidió perdón y vio como alguna lágrima brotó de mis ojos cuando me dio un abrazo.

Para cambiar nuestro estado de ánimo, mientras terminábamos de hacer los cambios en la bañera, le conté otra anécdota de mi padre con sus amigos.

Como muchos de los chiquillos que habitaban Santander, también sus amigos eran algo terribles. Su gran pasión era la de bajar la cuesta del Atalaya, en una especie de patinete gritando, abriéndose paso entre los asustados peatones.

A uno de sus amigos el día de Reyes le trajeron unos zapatos nuevos, que por entonces era un regalo muy valorado. Como estaban en periodo de crecimiento, se lo compraron de una o dos tallas mayor y tenía que tener cuidado al caminar para no caerse.

Antes del anochecer, Iban paseando al lado del mar, a la altura de Puerto Chico, camino del embarcadero de Somo y Pedreña donde actualmente se cogen las "Pedreñeras".

Estaban felices contando cuentos y como no tenían balón, le empezaron a dar patadas a una piedra. El tono de los golpes fue progresivamente aumentando y de un disparo de su amigo, lo que salió volando fue el zapato nuevo que le quedaba grande.

Se hundió rápidamente en el mar sin que los adolescentes pudieran hacer nada. Según me contó mi padre, al principio, todos se quedaron helados por lo sucedido y segundos después se echaron a reír mientras el dueño del zapato lloraba desconsoladamente.

Era imposible rescatar el zapato y no había "raqueros" a los que contratar, para que bucearan en busca del calzado. Entonces decidieron de común acuerdo, acompañar a su amigo de regreso a su casa para mitigar el duelo del zapato hundido.

Al llegar a la casa del desafortunado y al abrir la puerta su padre, tanto mi padre como los amigos salieron disparados como alma que les llevaba el diablo y desaparecieron riéndose.

Al día siguiente todo el grupo se puso a trabajar recogiendo cartones y chatarra para conseguir el dinero necesario, para comprarle un par de zapatos a su amigo.

Aquel suceso desafortunado y algo gracioso, les hizo estar muy unidos desde entonces y saber conservar la amistad, cimentada en su juventud, hasta la vejez.

Ahora que lo escribo me acuerdo del grupo de "raqueros" que están muy cerca del Club Marítimo de Santander, que realizó mi gran amigo el escultor José Cobo Calderón.

Los "raqueros" eran un grupo de chicos que esperaban la llegada de los transatlánticos que atracaban en el puerto y que recogían las monedas que los turistas les tiraban desde los barcos.

Cada vez que paso por el lugar, me acuerdo de mi padre y de sus amigos los mosqueteros.

Muy cerca de allí, está el monumento al "Incendio se Santander" que también realizó José Cobo y que tengo el honor de haber sido inmortalizado, junto a sus hermanos, su mujer y un amigo. La chica que está conmigo era mi ex, que no quiso que saliese su cara por motivos familiares.

Las siete esculturas de bronce que están al lado del Mármol de Carrara, fueron modeladas por los primos y amigos del autor.

Cuando voy a visitarla, en las raras ocasiones en las que regreso a la "Tierruca" o en su caso, cuando me acuerdo del monumento, viene a mi memoria mi gran amigo Fernando Cobo, al que le debo mi pasión de ser escritor.

Al igual que el Cid Campeador que ganó su última batalla, estando ya en el otro mundo, Fernando estará vivo mientras nosotros le recordemos. Él, le dijo a sus hermanos y a Birgit, que le debíamos recordar con alegría y dos días después de su entierro, fuimos a comer a un restaurante muy caro de Santander.

Allí contamos muchas anécdotas que habíamos vivido juntos. Aquella comida donde nos bajamos toda la carta del restaurante, fue la vez en mi vida que más vino bebí, por lo menos una botella y algo más.

Estuvimos riéndonos un montón hasta que nos pidieron muy amablemente que nos fuéramos porque tenían que empezar a preparar la cena.

A la hora de ir pagar la cuenta que tenía varias cifras, me dieron a mí la factura y al ver la cara de asombro que puse, mis amigos me dijeron que desde el Cielo Fernando la pagaría.

Había dejado el dinero porque quería gastarme una última broma. Joder claro que me la gastó. Desde mi boda en Ritz de Madrid, no había vuelto a ver una factura tan amplia que tuviera que pagar de mi propio bolsillo.

Un gran abrazo Fer, estés donde estés en el universo infinito, siempre te llevaré conmigo y me acordaré de aquella comida que tuvimos cuatro de los componentes del monumento al Incendio de Santander en tu honor.

Pero sigamos con el abuelo de Raquel.

Mientras hablábamos como si nos conociéramos de toda la vida, me preguntaba a mí mismo, dónde estaba Raquel. Mi timidez por entonces era muy grande y tuve que esperar a que su abuela a la hora de darnos de comer, me comentara, que toda la familia había ido de compras, al Corte Inglés de Bilbao y que regresarían por la noche o al día siguiente.

Al final estuvieron tres días haciendo compras y visitando a familiares en la Semana Grande. Cuando por fin regresaron, sinceramente me sentía un poco molesto por el mutismo absoluto que ella había tenido conmigo. Pero a los tres besos seguidos que nos dimos, el malestar desapareció tan rápido como había venido.

A partir de la buena relación que me unía a sus abuelos, por las tardes solíamos ir a una granja de vacas que tenían en el Valle del Paz y aquello me recordaba mi pasado en Panamá.

Durante varios días Raquel no se maquilló y se portó conmigo de una manera maravillosa. Era muy atenta en todo y se reía constantemente.

Además, con la complicidad de sus abuelos nos quedamos a pasar unos días en la finca montando a caballo y yéndonos a bañar a un río donde el agua estaba muy fría.

Algunos días venían sus padres a comer y hacíamos una especie de salida al campo.

En la finca Raquel no tenía que maquillarse una y otra vez, y por si fuera poco, las pinturas no se le caerían por la cara al contacto con el agua.

Eso de hacer planes diferentes todos los días era muy entretenido y cuando estábamos en Santander comíamos muchos pasteles. Sobre todo los especiales de Manzana que los vendían en una pastelería llamada Nevada. Creo que eran de los mejores que he comido, por lo menos allí.

Raquel poseía una elegancia y una sensibilidad extraordinarias. Como le gustaba mucho Audrey Hepburn, quería parecerse a ella y que no la comparara con Raquel Welch.

Cuando me comentó que posiblemente en septiembre iba a empezar a estudiar bellas artes en la Escuela de San Fernando, me alegré mucho, porque ambos vivíamos en invierno en Madrid y así podríamos continuar nuestro romance veraniego.

Por entonces desconocía el Lenguaje Gestual, pero comprendí que algo iba mal, pero continué viviendo el presente.

Como a ella le gustaba mucho viajar le hablaba de mis viajes y quería que le contara cómo era Gran Bretaña.

Por entonces ya me había recorrido la mayor parte de Europa Occidental y un pedazo de Asia, además de algunos países de América. Mis aventuras por Europa Oriental tardaron dos años en producirse, pero eso son quinientos pesos más, como dirían los Mexicanos.

Mientras le hablaba de viajes, ella me leía libros interesantes, mientras jugábamos con sus cuatro gatos, que correteaban por el jardín queriendo atrapar todo lo que se moviera.

Para mí no era importante su rostro, ni para ella que mi pierna lesionada fuese medio centímetro más pequeña y hubiese tenido que dejar el deporte de competición.

Recuerdo los ojos que tenía y su sonrisa natural, que hacían que me enamora de ella día a día. Los gatos se convirtieron en nuestros hijos.

Nuestra relación duró hasta el final de verano, mientras los dos estuvimos en Santander.

Pero hubo un giro inesperado en relación a su familia y a primeros de Septiembre, se fueron a vivir a Edimburgo Escocia, porque a su padre que trabajaba en un banco, lo trasladaron a Gran Bretaña.

Me quedé destrozado al principio y aunque seguimos escribiéndonos durante un tiempo, se cumplió la predicción de Einstein que decía:

"El amor es como la luna. Cuando no crece, disminuye"

Pasaron casi veinte años sin que supiera nada de Raquel, hasta que en la primavera del 97 a la entrada de un Vips de la calle Lista de Madrid, concretamente en una librería preciosa, una chica que me resultó muy familiar se me acercó y me preguntó por el estado de mi pierna.

Al mirarla no podía reconocerla y tuvo que decirme que era Raquel Welch en persona, para que me diera cuenta de su cambio de facciones.

La volvía a ver dos décadas después y parecía otra persona diferente.
La mancha roja había desaparecido por completo y tenía una cara preciosa.

No podía creer lo que nos estaba pasando. Era una de las mayores alegrías que hasta ese momento había vivido. Nos dimos un abrazo muy profundo y a los dos se nos cayeron las lágrimas repletas de felicidad.

La veía muy guapa y radiante, con un pelo digno de una mujer Leo. Tenía una melena con mechas que combinaba perfectamente con el color verde atigrado de sus ojos.

Al percatarse del embrujo, de la fascinación y del hechizo que ejercían en mí su cabello me comentó: "Utilizo el pelo como mi anclaje, para que la gente me vea como a una fiera y así me guarde un respeto. Me hace sentir que voy a mi aire y que así no me prestan atención, aunque tengo que reconocer, que me prestan mucha atención".

Teníamos una emoción controlada y nos escondimos en un portal como dos jóvenes que habían cometido una travesura, hasta que el guardia de seguridad del edificio nos invitó, muy amablemente a que siguiésemos con nuestra fiesta en la calle.

Así que caminamos hasta la Fundación Juan March, que estaba relativamente cerca de allí y cogidos de la mano como dos enamorados, hablábamos de nuestras cosas.

Me preguntó que si seguía en la Bolsa. Le puse un poco al día de mi situación profesional y cuando llegamos a la puerta de la Fundación la acababan de cerrar.

Así que en una especie de jardín cercano nos sentamos sobre la hierba y empezamos a recordar aquél verano de nuestras vidas.

Llegó un momento en que ella cambió sus facciones y me dijo:

"En la penumbra de una discoteca podía ocultar mi fealdad, mis gafas me tapaban parte de la cara; pasaba por desapercibida."

¿Cómo podía ser que aquella chica que había conocido años atrás, que se percibía como el ser más abominable de este mundo, que se sentía gorda, fea, asquerosa y repugnante, se hubiese convertido en una mujer tan radiante, tan bella y sobre todo: ¡tan viva!

Raquel me contó sus sucesivas operaciones y cómo poco a poco se creía que por primera vez su vida era normal. Que la gente no le quitaba la mirada de encima. Incluso cuando adelgazó, los repetidos piropos que le decían, le seguían sentando terriblemente mal, porque le costaba asumir su nueva realidad física.

También quiso convertirse en modelo y si no es por su novio (actual marido) no sólo hubiese pasado modelos, sino que se hubiese dedicado al cine y al diseño de moda.

Mirándome fijamente a los ojos y después de acariciarme la cara me dijo:

-Ahora tengo tres hijos, una carrera y un marido que aunque algunas veces, le aguanto poco, nos queremos.

>>Vivimos en Oviedo en el norte de España y hemos venido unos días a Madrid, para arreglar unos papeles. Estamos hospedados muy cerca de aquí en un hotel de la calle Velázquez.

>>Hoy por la tarde de repente me entró unas ganas de caminar sola y me vine a ver las tiendas de ropa a la Calle

Ortega y Gasset y de repente voy y me encuentro contigo.

>>Tengo que confesarte que cuando nos conocimos y empezamos a salir, yo sabía que lo nuestro no podría durar después de aquel verano. Mi familia y yo tendríamos que trasladarnos a Gran Bretaña y así fue.

>>Pero sin querer me enamoré de ti. Eras la única persona a la que no le importaba mírame a la cara y ver lo que había dentro de mí. Perdóname por no haber sido sincera contigo aquel verano y por haberme aprovechado de tu naturalidad e ingenuidad.

>>Aprendí muchísimo contigo y comprendí lo que Ortega escribía sobre el amor:

"Amada, tú eres lo que yo quiero ser y no soy"

>>En el fondo, lo que más me gustaba de ti, además de tus masajes en mi espalda, era tu libertad y el que

podías viajar por todo el mundo sin llevar dinero en el bolsillo. Supongo que ya eres escritor y habrás superado los cien países<<.

Le conté entonces algo sobre mi vida pasada y también donde había trabajado, hasta que en febrero de 1994, me echaron al foso de los leones. Tenía que cambiar de vida o debería de desaparecer con otra identidad o morir.

Proseguí mi relato diciéndole que en ese momento estaba estudiando el Doctorado en Antropología, en la Complutense. Que por las noches leía la mano y las cartas en el Palacio de Fortuny, que a propósito estaba muy cerca de allí.

No pudo entender lo que le contaba y como no era el momento, lo pasamos por alto. Me recordó que durante varios años su padre, le mandaba algunos artículos que yo había escrito en la columna del Gurú en el periódico Económico 5 días. Y me dijo algo sobre Agencias de Información, la Industria aeroespacial que ya eran parte de mi pasado.

Como se nos hacía tarde, antes de despedirnos nos dimos un profundo abrazo recordando los viejos tiempos.

Al despedirse me dijo: "Tú Beny, fuiste mi primer amor y te he querido en silencio durante todos estos años. Cuando veía a un caballo o miraba a la Luna me preguntaba que dónde estarías por el mundo, viajando en aquél momento".

Me recordó una de mis frases favoritas que escribió Honorato de Balzac hace muchos años:

La magia de nuestro primer amor es la absoluta ignorancia de que alguna vez ha de terminar.

De la misma manera súbita en la que apareció, se despidió de mí con un "hasta siempre".

Me quedé unos minutos envuelto en un profundo silencio como obnubilado, totalmente ido, recordando a una mujer que me había enseñado años atrás y también unos minutos antes, que no estamos solos y que ninguno de nosotros lo está.

Escribía Stephen Hawking:

"Es muy importante que los niños impedidos sean ayudados a mezclarse con otros niños de su misma edad. Esto determina su autoimagen. ¿Cómo puede uno sentirse miembro de la raza humana si se es colocado aparte desde una edad temprana? Es una forma de Apartheid".

Una semana después recibí una carta suya donde entre otras cosas me escribía:

"Al despedirnos aquel verano, mi corazón se rompió por ti. Pero al superarlo, después de meses llorando y culpabilizando a los demás, me di la oportunidad de que otra persona pudiera entrar en mi vida.

Cuando eres niña y vas al colegio, tienes 4 años y todas tus compañeras jugaban a pegarle al monstruo y tú eres él maldito monstruo, te vas haciendo una capa muy dura y espesa y te vas apartando de las personas.

En realidad yo era muy pequeña y no sabía lo que me pasaba. Tan sólo quería que me quisieran porque yo me veía normal delante del espejo, pero cada vez que me decían fea, mi cara se hacía más repugnante.

Tuve que dejar de ir al colegio durante dos años y a mis hermanas mis padres las obligaban a que saliesen conmigo. No tenía amigas y mucho menos amigos.

Al ir creciendo me decían mis padres que al cumplir los 20 años me operarían y que tendría otro aspecto y sería otra persona. Me negué a ir al colegio. No quería ir y recuerdo que me hicieron un peinado que me cubría por entero la parte de la cara afectada.

Tengo que confesarte que intenté matarme en algunas ocasiones, de la desesperación que tenía y estuve yendo al psiquiatra que me ayudó mucho.

Cuando tú me conociste, te acordarás que tenía buen tipo. Pues después en Escocia engordé muchísimo y me puse como una foca.

No podía aguantar y mucho menos tolerar que por detrás me dijeran los hombres piropos y cuando me veían la cara, salían corriendo gritando que habían visto a un monstruo.

La desesperación me llevó a coquetear con el mundo de las drogas y si no es por el apoyo, que recibí de mi familia, me hubiese muerto. Me miraba al espejo y me daba asco de mí misma.

Después de las sucesivas operaciones y tratamientos, mi cara fue cambiando y también mi aspecto.

Empecé a confiar en mí misma y todo cambió. Luego conocí a mi actual marido y mi pasado tan sólo ahora es un recuerdo, que me permite poder superar cualquier obstáculo que se me presentase en la vida.

En lugar de estudiar bellas artes, me hice psicóloga de niños y así puedo explicarles a mis pacientes y alumnos que cuando veamos a personas con la cara deforme, con la cara quemada, en una silla de ruedas, no las compadezcamos, tratémoslas como semejantes, de igual a igual y podamos hablar con ellos de cualquier tema, y si hablamos de su problema, lo hagamos como algo natural.

Estas personas en el fondo buscan ser queridas, como yo, como usted, y necesitan no la compasión, necesitan el apoyo.

Piense en cuando tenía 15 años y sus amigos o amigas se echaban novio y a usted le costaba debido a la timidez encontrar pareja.

Imagínese que usted hubiese estado en ese estado de monstruosidad como el que padecí yo y veas que todos te daban la espalda.

Pensemos en ello por un momento y que mi experiencia nos sirva para ser un poco más humanos.

Un poco mejores y sobre todo, aprovechemos que somos personas que tenemos problemas y que debemos resolverlos, poniéndonos en acción.

De nada nos vale tener dos pies, para poder trasladarnos donde queramos, si luego no vamos a ninguna parte.

El concepto que tenemos de nosotros mismos es lo que configura nuestra personalidad.

Si nos consideramos seres inferiores, tenemos dos maneras distintas de reaccionar: En la primera actuaremos como inferiores y seremos inferiores.

O bien, trataremos de compensar esa inferioridad, actuando de una manera soberbia, engreída y superficial.

Convertimos un complejo de inferioridad en un complejo de superioridad. Anteriormente había vinculado, como muchas otras personas, mi éxito con la aceptación de los demás.

En el momento que me metí en mí misma, me analicé, me comprometí y decidí aceptarme y cambiar aquello que no estaba dispuesta a tolerar.

De esta forma tan extraña y aparentemente normal, tomé el timón de mi vida y cambió mi destino.

"No sirve de nada quejarse sobre la actitud del público hacia los minusválidos. Corresponde a la gente impedida cambiar la conciencia de la gente de la misma forma que los negros y las mujeres han cambiado las percepciones del público". Stephen Hawking

Barú Meriche Janca

Barú había nacido en la madrugada de un día de verano en el seno de una familia Swahili en el África del Este, y se había criado al amparo de las creencias y tradiciones de los pueblos del Serengueti, donde el respeto a los mayores, a la naturaleza y a los animales, era la primera norma de conducta.

Desde muy niño destacó en las funciones típicas de su edad, como el cuidado del ganado, la caza de animales en la selva y la pesca en los ríos cercanos que desembocaban en el lago Victoria.

En su poblado había un sacerdote blanco, -un Nasungo-, que los domingos después de la ceremonia religiosa, contaba cuentos e historias a los niños y niñas.

Cierto día les sorprendió con el relato de Bambi, un venado nacido en la selva -pero no precisamente en la africana-, como tampoco el nombre de Barú lo era; su significado en lengua

Guaimí o Ngobe Buglé originarios del oeste panameño, representaba el nombre de un Volcán.

A casi todos los presentes, aquella fábula les sorprendió vivamente, sobre todo a nuestro joven amigo y a Janca (Princesa también en Guaimí), que a la postre era la hija del jefe del poblado.

Aquella mañana la vida de Barú cambió de pronto, ya que al salir de la Iglesia del pueblo, Janca dijo públicamente que se casaría con aquel guerrero de la tribu, que le trajese un venado.

Barú manifestó que sería él quien se casaría con Janca, pero debería resolver dos problemas un tanto complicados; el primero al que debería de hacer frente, era que Janca había nacido un año antes que él y por tanto a no ser que Barú atrapara al venado no tendría ninguna oportunidad de conquistar - al amor de sus sueños -.

El segundo y más complicado era que en las selvas africanas no había venados, pero "el amor es lo único que justifica todo" y Barú no estaba dispuesto a perder a su amada, aunque pensándolo bien, él no podía perder algo que nunca había tenido...

Pasaron los años y tan sólo faltaba un verano para que Janca eligiera marido y Barú continuaba en absoluto silencio, intentando encontrar a su venado.

En las noches de Luna llena, él se iba a llorar su pena a un cerro que estaba enfrente de la montaña sagrada. Allí con una antorcha encendida y su lanza, era la viva estampa de un león solitario o mejor dicho un lobo solitario que aullaba en busca de su compañía.

En los poblados cercanos había infinidad de muchachas casaderas, pero a Barú sólo le interesaba Janca, - mi pequeña libertad- como él la llamaba.

Le observaba escondido, cuando ella iba a por el agua a orillas del río, la veía como se peinaba, como caminaba y por las noches se la imaginaba amándola con bravura, siendo la futura madre de sus hijos.

En aquel mundo fabricado en la imaginación de Barú todo era perfecto, hasta que el canto del gallo al amanecer, le traía de regreso al mundo de los vivos. Pero su vida, con relación a su amada era muy diferente, porque Janca nunca se había fijado en él. Le veía muy niño todavía como para enamorarse.

Cierto día Barú estaba negociando ganado en una población bastante alejada a la suya, concretamente en Ilala, en la vecina Zambia, donde un siglo atrás, había muerto el Dr. David Livingstone en el atardecer de un día soleado concretamente el 4 de Mayo de 1873.

Muy cerca del monumento conmemorativo donde se enterró el corazón del misionero, que hizo posible la desaparición parcial de la esclavitud cuando de pronto en un mercado, vio un venado de peluche.

Pagó por él, el equivalente de 7 vacas, que era lo estipulado para concertar una boda en aquellos lugares y muy contento fue en busca de Janca y al darle el venado, le recordó su promesa. Janca al igual que todos los demás se echó a reír por la ocurrencia de Barú.

Ya nadie se acordaba de aquella promesa de la niña Janca y para hacer más penoso el resultado, a partir de aquél día se le llamó "Bambi".

No le importaba el tiempo, ni el dinero invertido en conquistar a Janca, pero lo que más le dolía era la indiferencia de su amada.

A Barú le gustaba mucho atravesar los lindes de su territorio y adentrarse en lo desconocido. Cierto día se topó con un cachorro de león al que llamó Melena Dorada.

El pequeño se encontraba sólo porque según la ley de la selva, cuando el padre de los cachorros de una manada moría, el nuevo león dominante, echaba a los hijos del antiguo rey de la manada. Así le había ocurrido a Melena Dorada y como se encontraba totalmente solo, se alió con Barú para sobrevivir.

El niño y el leoncito, hicieron un grupo de caza y los dos se apoyaban, se alimentaban y crecían juntos.

Así que Barú y Melena Dorada montaron un equipo y se hicieron inseparables. El pequeño león se fue haciendo cada vez más grande y más fuerte, mientras pasaban muchas lunas.

En el poblado le habían dado por muerto y casi olvidado, hasta que regresó hecho casi un hombre y mucho más evolucionado que sus compañeros.

Faltaba menos de seis meses para que ella eligiera marido y en ese pueblo, la hija mayor del jefe tenía ese privilegio.

Janca seguía sin fijarse en Barú como futuro esposo; le consideraba como uno más de sus amigos, el más divertido y cariñoso del poblado, pero nunca le había dado pie a Barú, para que éste se hubiese enamorado de ella, de la forma en que él lo había hecho.

Pero el amor de Barú era como la Luna: Cuando no crece disminuye y hasta ese día, había estado creciendo.

Antes de darse por derrotado lo intentaría una vez más. Esa noche tomó su venado de peluche y sin despedirse de nadie, se armó de valor; cogió su antorcha y su lanza.

Durante dos días caminó por el día y dormía por la noche en lo alto de una acacia, donde se podía proteger de las hienas, leones y demás depredadores.

Llegó a las faldas de la montaña sagrada y allí se topó con Melena Dorada, - el gran león dominante- que le impedía el paso, mientras terminaba de comerse a una cebra, pero la decisión de Barú hizo que Melena Dorada se apartara, no sin antes, haberle rugido en señal de desacuerdo, llevándose los restos de su presa a otro lugar.

Es tradición entre las culturas *Suajilis*, que cuando uno de ellos quiere lograr un gran objetivo, tenga que subir a lo alto de la montaña sagrada y depositar en ella, su bien más preciado, para así tener espacio para llevarse su nuevo deseo: Un venado vivo.

Barú depositó a Bambi y con todo el respeto del mundo, hizo el ritual tradicional y pidió a Janca como su esposa.

Durmió a pierna suelta en lo alto de la montaña con la esperanza de encontrar a su venado, pero que esta vez fuese real y estuviese vivo.

Se despertó unos minutos antes del amanecer e interpretó que la luna llena, le llevaría hasta su venado.

Llevado por su instinto, siguió un camino sinuoso por la selva, que le condujo hasta una región agreste que él desconocía.

Allí de pronto inexplicablemente se topó con su venado y supo que el universo, había conspirado para este encuentro. Dio gracias a Dios por haberle concedido la dicha de saberse ganador.

Barú fabricó una cuerda para poder lazar a su presa y después de perseguirlo durante todo el día, al final de la tarde, por fin pudo cazarlo.

Al sujetar al venado, intentaba calmarlo dándole besos por todo el cuerpo; lo que nunca había podido hacerle a Janca, ahora lo realizaba con su venado y teniendo la certeza de que ella por fin, sería la mujer de su vida.

Caminó durante dos días hasta llegar de regreso a su poblado y al volver, se organizó una gran fiesta. Barú llevó el venado a la casa de Janca y ésta le recibió algo extrañada.

A ella le gustaba otro joven del poblado, pero tendría ahora que cumplir su promesa y debería de casarse con Barú.

Todo se resolvió favorablemente para Janca cuando se descubrió que el venado era hembra. Barú al darse cuenta, sintió un profundo dolor y mucha tristeza.

Había dado lo mejor de sí para conquistar a su amor soñado y ésta, una vez más, le rechazaba.

Primero con el peluche y ahora con la hembra del venado, pero él lucharía con todas su fuerzas por conquistarla.

Aquella noche Barú fue en busca de su luna y le pidió una explicación. La luna tan sólo le contestó:

- Mira por dentro.

Barú no entendía aquello, y luchaba por sacar a Janca de su pensamiento. Ella era demasiado importante para él, como para que quisiera olvidarla.

Entonces decidió dos años antes de tiempo, superar la prueba del guerrero. El rito de pasaje de niño a guerrero.

Ésta consistía en cazar a un león y traer al poblado su melena. Cuanto más grande fuese ésta, mayor sería la posición social que el guerrero ocuparía. Esa era la única posibilidad que le quedaba a Barú para conquistar el amor de su amada.

Cuando él hizo pública su decisión, Janca por primera vez se preocupó por Barú. Aunque no representaba la edad, era demasiado arriesgado.

Nunca antes -en la historia moderna del poblado-, nadie había superado la prueba un año antes, pero Barú tenía un para qué y quería demasiado a Janca como para no luchar por ella una vez más, poniendo su vida en juego.

Prefería morir en las fauces del león, que darse por vencido. Janca merecía demasiado la pena para él. Estaba profundamente enamorado de ella...

Antes de partir a la caza del león, Janca le dio un collar que le había fabricado y se ofreció a cuidar al venado hembra, mientras él estuviese fuera del poblado. Al marcharse ella le sonrió. Esto para el joven enamorado significó un beso en los labios y para nuestro joven amigo, aquello era demasiado.

El aprendiz de guerrero, volvió a la montaña sagrada y antes de subir, se volvió a topar con Melena Dorada.

Se miraron desafiándose, pero no llegaron a luchar y Barú continuó hasta llegar a la cima. Allí depositó el collar que Janca le había fabricado y pidió valor para cazar al león más fiero y peligroso de la selva.

Al día siguiente buscó a Melena Dorada y después de una semana de retos continuos, sostuvieron una especie de duelo, donde Barú le dio muerte.

Siguiendo la tradición de los *naguales* mesoamericanos, extrajo el corazón aun latiendo de su presa y lo comió con rapidez y diligencia.

De ésta manera tan extraña para los occidentales y muy común sin embargo, para algunas culturas de diversos pueblos a los que llamamos primitivos, Barú absorbía todo el valor y coraje del León.

El alma del animal subía rápidamente al cielo de los felinos, eso sí, según algunas credos similares a los creyentes del dios *Odín*.

El León y su muerte, era el sacrifico tremendo que tenía que pagar Barú, para poder lograr el amor de su amada.

Con mucho cuidado y respeto Barú recortó la melena y extrajo los colmillos, con los que posteriormente se fabricaría un collar, como símbolo, de que a partir de ese momento, el espíritu de su presa y él, compartirían un mismo sino.

Enterró al león en lo alto de una montaña. Antes le dio las gracias por haberle dado su vida y con ello la oportunidad de que Janca se fijase en él. También le agradeció a Dios, por haberle permitido seguir vivo, en lugar de Melena Dorada.

Barú se encontraba bastante retirado de su poblado, pero con la melena en sus hombros, se sentía poderoso sabiendo que ahora por fin podría competir por el amor de su "pequeña libertad".

De todos los participantes en el ritual de paso, él fue el primero en regresar triunfante sorprendiendo a todos, sobre todo a Janca.

Ella entonces empezó a tomar muy en serio a su joven pretendiente y llegó a desear que el venado hubiese sido macho.

Aquella misma noche, Barú se retiró del poblado, a la espera de la llegada de los demás competidores, pero con la seguridad de saber, que ninguno de ellos encontraría una mejor melena que la suya.

Con mucha confianza y optimismo, además de la notable admiración de los guerreros del poblado, a los que seguro les recordó la forma en la que ellos, habían también superado el rito del pasaje, regresó a la montaña sagrada y llorando de amor, le pidió a la Luna una vez más una respuesta; la Luna volvió a decirle:

- Mira por dentro.

Barú no llegaba a comprender lo que ésta le quería decir y tan sólo pensaba en que faltaba un mes, para que Janca eligiera esposo.

Se prometió a sí mismo, el no regresar al poblado hasta que no hubiese conseguido su venado y se encaminó primero a la montaña sagrada donde volvió a ofrecer su vida, a cambio de poder lograr el amor de su amada, pero esta vez la luna no le contestó.

Pasaron los días y no había rastro de ningún venado. En el poblado estaban preocupados por la suerte de Barú, ya que no sabían nada de él, hasta que ocurrió algo extraordinario.

El venado había engordado de una manera asombrosa, pero Barú no lo sabía. Él no quería regresar al poblado derrotado y no podía admitir que Janca tomara a otro por esposo, pero pensó en que si él no estaba en la aldea, ella no podría elegirle.

Al crecer otra vez la Luna, Barú pasó su última noche en la montaña sagrada y al ver a la Luna le volvió a preguntar y la respuesta que obtuvo fue la misma:

- Mira por dentro.

El día de la elección de las parejas, Barú regresó al poblado y se topó con Janca; ésta muy compungida le contó que la noche anterior el venado hembra, había desaparecido del corral y nadie sabía lo que le había ocurrido.

Los dos siguieron el rastro del animal y la encontraron a unos dos kilómetros de distancia, muy cerca de un pequeño río que desembocaba en el gran lago.

La pareja se acercó con sigilo sin que el animal los pudiese ver, ya que el viento soplaba en contra. Cuando se disponían a lazar al venado, una leona atacó al venado hiriéndole de muerte en la garganta.

Barú se jugó otra vez su vida para proteger al animal y éste en un último esfuerzo se estiró, pariendo un pequeño y hermoso venado macho.

"Cuando uno empieza a sentir en su cuerpo que está fracasando, lo primero que nos puede pasar por la cabeza, es el abandonar. La diferencia es que el que cree es sí mismo, logra su objetivo". *Thomas Alba Edison.*

En memoria de Karen Blixen, Denis Finch Hatton y Kamau su fiel sirviente. Memorias de África. Out Of África. Museo Karem Blitxen. Nairobi, diciembre de 2012

Mis hormigas del Retiro

El calor de la tarde invitaba a refugiarse bajo la sombra de un centenario abeto. Los últimos meses resultaban un tanto absurdos en una vida dinámica, completamente vacía, sin apenas tiempo para pensar en otra cosa que no fuese trabajo, trabajo y más trabajo.

Por ello el pasar la tarde sólo conmigo mismo, me proporcionaba la oportunidad de antaño de hacer algo por fin deseado y realizable. El calor hacía que hasta los pájaros durmiesen la siesta.

El vagar sin rumbo me recordaba tiempos mejores, cuando realmente era dueño de mí mismo, con la única obsesión de vivir en paz, faceta harto difícil en un mundo competitivo, en el cual la fuerza bruta había dado paso al ansia de poder, de dinero y de prestigio.

Prestigio de qué me preguntaba.

Por entonces trabajaba en empresas de alta tecnología donde resultaba muy complicado permanecer. El estrés que teníamos que soportar era lo más parecido a estar a punto de entrar en combate en una guerra, donde podías perder hasta la vida, si no eras capaz de superar la incertidumbre.

Nos hacían parecer triunfadores, dando una imagen de lo que los demás nos tenían que imitar: coches, viajes, dinero...

Montones de contradicciones deambulaban por mi mente, cuando de pronto vi a dos pequeñas hormigas paralizadas a unos cuantos centímetros de mis zapatos. Sin darles tiempo a que se marchasen me arrodillé lo más que pude y les pregunté sobre lo que estaban haciendo.

Una de ellas, la más confiada me contestó con otra pregunta:

- ¿Nos vas a matar?

- ¿Mataros? ¿Por qué os voy a matar?

- Es que, cuando un humano nos ve, encontrándonos lejos de nuestra casa, estamos perdidas.

Durante unos segundos me quedé meditando la situación y mirándolas fijamente les dije:

- Nos os preocupéis, que no os haré ningún daño, pero quiero conversar con vosotras y ser vuestro amigo.

- ¿Nuestro amigo?

- Sí, vuestro amigo, ¿Qué hay de malo en que lo seamos?

- De acuerdo, pero por favor no nos mates, que nosotras no te hemos hecho nada. Desde muy pequeñas en la escuela, se nos enseña el tenerle miedo a los humanos, sobre todo a sus pisadas.

- ¡Eh, un momento! Estoy de acuerdo en parte de lo que me habéis dicho. Pero, ¿por qué no nos sentamos y hablamos tranquilamente?

- Nosotros no necesitamos sentarnos, ya que no caminamos erguidos como vosotros. Hace muchos miles de años, cuando los humanos bajaron de los árboles, evolucionaron y se hicieron erectos. Pero muchas veces me pregunto, ¿de qué les ha servido a los seres humanos, ser los reyes de la tierra, sí luego no son capaces de controlar su propio entorno, ni mucho menos su propia vida?

- ¿Qué más pensáis de los humanos?

- Son los seres más inadaptados, menos felices y evolucionados espiritualmente, además de ser los esclavos de ellos mismos. La mayoría, sólo tiene un Dios, que es el dinero y su medio de comunicación es la televisión. La mayoría, no piensan y eso que presumen de ser, los únicos seres sobre la faz de la tierra que razonan. Viven para trabajar y el poco tiempo que les queda libre, les asusta tanto, que hacen cualquier cosa para perderlo. Además, eso de que piensan, habría que ponerlo en cuarentena.

- Bueno, algo bueno debemos tener. ¿No?

- La mayoría de los occidentales sois libres, pero casi el ochenta por ciento de la población mundial, no lo es. En unos de tus libros escribes: "La libertad es un derecho y la igualdad de oportunidades, es la justicia a la que todo hombre de bien, debe de aspirar, independientemente de su color de piel, clase social o creencias religiosas."

Durante algunos segundos estuve callado, meditando todo lo que mis amigas las hormigas me estaban diciendo.

Qué razón tenían en mucho de lo que me acababan de decir y en esos momentos me sentía más insignificante que mis nuevas amigas.

Fue entonces cuando me propusieron que me hiciese del mismo tamaño de ellas y parodiando a Alicia la del país de las Maravillas, me convertí a la misma medida de mis amigas.

Qué susto me llevé y por un momento pensé en que ellas ahora podrían matarme a mí, ya que tenían ocho veces más fuerza que yo, pero al unísono me tranquilizaron diciéndome:

- Ahora sí que estamos en igualdad de condiciones. Pero no deberás de preocuparte, ya que tampoco te haremos daño. Tú, antes no nos lo hiciste, por tanto relájate y observa a tu alrededor. Nosotras tampoco te haremos nada malo.

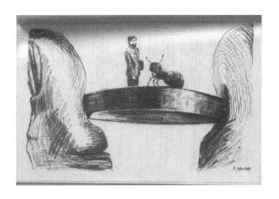

Tengo que reconocer que al principio sentí un poco de miedo, pero cada segundo que pasaba hablando con mis nuevas amigas, me daba la sensación de estar en mitad de un sueño muy divertido.

Después de presentarnos por nuestros respectivos nombres, les pregunté sobre lo que estaban haciendo, cuando ellas me vieron aparecer como un gigante.

Yo siempre había pensado que los animales, por muy pequeños que fuesen, siempre estarían en guardia, ante potenciales peligros, así que cuando me contestaron, me quedé un poco perplejo.

- ¿Cómo que jugando?

- Si, estábamos jugando y por eso no nos dimos cuenta de tu presencia. De ahí el quedarnos inmóviles con la esperanza de que no nos hubieses visto.

- Pero, ¿Cómo que estabais jugando? Si vosotras las hormigas, siempre estáis trabajando.

- ¿Quién dice eso? La mayor parte de los humanos, desconoce casi todo lo referente a nuestras vidas. Y, si me pongo a opinar más profundamente y hago una crítica, podría decir que el hombre es el animal más ignorante de todos los que existen sobre la faz de la tierra. Cuanto más tecnológicamente esté avanzado, desconoce su entorno y no digamos la naturaleza que les rodea.

Sólo los humanos a los que despectivamente consideráis primitivos, son los que cuidan y conviven con su entorno, porque viven de él y sin la conservación de la naturaleza, no podrían sobrevivir. En el río Amazonas, se mata al animal viejo o enfermo, al que ya ha cumplido con su cometido y se conserva al joven, para que pueda reproducirse y así continuar con el ciclo vital, para el cual fue creado.

Nuestra vida no es nada aburrida, ya que trabajamos únicamente para vivir, en cambio la gran mayoría de las gentes, viven para trabajar y el poco tiempo que les queda libre, lo despilfarran inútilmente.

La generalidad de las personas derrocha su tiempo libre, viendo en la televisión novelas absurdas, viviendo la vida de otras personas, que aunque nunca las han conocido personalmente, presumen saber de buena mano, todo lo que éstas hicieron la noche anterior. Dónde cenaron, bailaron y hasta las relaciones sexuales y con quien las mantuvieron.

Hablan de esos individuos, con una familiaridad digna de hermanos, cuñados o parientes. Y, lo peor de todo; los toman como ejemplos a imitar. No me extraña en absoluto, que posteriormente muchos de ellos se refugien en la droga, como único estímulo apetecible y concurrente.

El poder pensar o decidir su destino, lo ponen en manos de los echadores de cartas o de los adivinos. Éstos ávidos de fama y de fortuna fácil, harán verdaderas barbaridades con tal de salir en la caja tonta, que es la que en definitiva para muchas personas, valida el ser o no triunfador. Para nosotros por ejemplo, la calidad de vida es mucho más importante que cualquier otra cosa.

Nosotras pensamos que de nada le sirve al humano, poseer dinero, si luego no es capaz de tener tiempo para disfrutarlo.

Y, no digo nada en lo referente al consumo, ya que según tenemos las hormigas entendido, muchas personas gastan más de lo que tienen, y los hacen de una manera compulsiva, como una forma de aparentar riqueza y lo que de verdad les ocurre, es que día a día se sepultan cada vez más en una ruina personal, que les lleva a una enfermedad que sólo sufre y padece el género humano, que es la depresión.

Luego cuando se sienten mal y no vislumbran una salida digna a su vida lamentable - y muchas veces, una vida vacía de contenido -, se contentan admirando a la presentadora de turno contar las idas y las venidas de los famosos, que suelen ser a la postre, los más repugnantes a la hora de poder disfrutar de las cosas pequeñas que les ofrece la vida. La mayoría de ellos son del todo incapaces de descubrir que la vida es una fiesta donde no nos hace falta invitación, sólo nos hace falta el quererla disfrutar.

Los antiguos griegos decían, que al hombre, se le dieron las mejores oportunidades para ser feliz y según pensamos nosotras, se equivocaron, o les jugaron una mala pasada. Les brindaron las claves, pero no les dieron los códigos y muchos de ellos, son incapaces de descifrarlos. No saben todavía, que para saber dónde cae la piedra, hay que tirarla primero.

Pero lo peor de todo, es que algunos desconocen que el individuo es el único arquitecto de su destino y por ende de su propia vida.

Algunas personas tienen tanto miedo a vivir su propia vida que se refugian en "fuerzas del más allá" para que les conduzcan por su camino.

¿Qué es lo que consiguen con esto?

El no tener que reprocharse sus malos actos, sus malas acciones y sus errores; no tener que ocuparse en vivir de una manera correcta; no tener que pensar por ellos mismos. Estas personas se contentan con sobrevivir sin tener que enfrentarse a su propia realidad.

Para estas personas, el tomar una decisión implica algo más que decir no a algo, implica pensar y decidir; y eso es demasiado complicado. Al sentirse incapaces de tomarlas, se consuelan pensando que su destino era de esta manera y lo único que hacen es continuar lamentándose de su mala suerte.

"He nacido así y soy así", no puedo cambiar; éste es mi destino. Dios me ha hecho así. Siempre preguntan a los demás sobre lo que deben hacer y al no conseguir sus objetivos, le echan la culpa al consultado; es más fácil creer en fuerzas del más allá y en el mal de ojo, que vivir su propia vida.

Nosotras las hormigas, tenemos desde que nacemos, valores que son los aspectos fundamentales que dirigen nuestras vidas.
Son como los mandamientos que libremente nos imponemos para guiar nuestra conducta. Son las puntas de lanza de nuestro destino.

Los intereses, por otra parte, son las metas que nos fijamos. Pero debemos tener en cuenta que los valores cambian, conforme vamos viviendo. No son fijos.

Dependen de los momentos en los cuales estemos y sobre todo dependen de los objetivos que tengamos.

Me costaba asimilar lo que mis nuevas amigas me contaban sobre los humanos, pero por otra parte me parecía muy interesante y razonable lo que me contaban. Decidí continuar con mis preguntas:

- Y, vosotras las hormigas, ¿podéis elegir y decidir lo que queréis ser en la vida?

- Claro que sí podemos hacerlo. Además tú como humano, puedes elegir, si de verdad eres libre, todo aquello que tú quieras ser en ésta vida.

Escribía Richard Bach:

"De ti depende el elegir ser una nube o ser el cielo. La nube ignora por qué se desplaza en una determinada dirección y a una velocidad específica. Siente un impulso, ese es el rumbo del momento. Pero el cielo conoce las razones y las configuraciones que hay detrás de todas las nubes y tú también las conocerás cuando te eleves a la altura indispensable para ver más allá de los horizontes. Podremos alzarnos sobre nuestra ignorancia, podremos descubrirnos como criaturas de perfección, inteligencia y habilidad. ¡Podremos ser libres! Podremos aprender a volar". Richard Bach"

¿Cómo es vuestra vida les pregunté?

- Muy parecida a la de ustedes, ya que nacemos vivimos y morimos. Nuestro periodo de vida relacionado con el tiempo de los humanos, suele ser de unos ocho meses, que viene a ser como ochenta de los de ustedes.

También tenemos nuestras guerras y disputas, pero entre las hormigas que formamos la misma familia, nos respetamos y no nos peleamos.

Para nosotros la familia no es sólo un grupo de insectos himenópteros. Es algo más que eso. Formamos entre nosotros una piña y nos dividimos el trabajo, con el objetivo de tener tiempo libre y así poderlo disfrutar.

Durante algunos minutos, los tres estuvimos callados, mirándonos a los ojos sin decirnos nada, hasta que por fin, pude comprender lo que mis nuevas amigas me habían querido explicar.

Mi problema en ese momento, era cómo volver a mi tamaño real, cuando de pronto observé detrás de mí, a mi figura humana. Era gigantesca y me producía miedo. Qué locura, mi propio cuerpo desde otra perspectiva me producía temor.

Sin embargo, me sentía muy a gusto conmigo mismo. Era como si estuviese realizando un viaje astral y pudiera controlar cada paso que daba. Pero como todo lo bueno, o engorda o es pecado, o se acaba, pronto tendría que volver a mi cuerpo humano, no sin antes despedirme de mis amigas.

Ellas al despedirse me pidieron que al volver a mi cuerpo mirase mi reloj, ya que las tres horas aproximadamente que habíamos pasado hablando, se habían convertido en tan sólo unos minutos. Toda mi vivencia en tan sólo una pequeña parte de tiempo.

Me pregunté entonces por todos los diferentes mundos, que se hallan próximos al nuestro y que nuestras mentes son incapaces de comprender. Cuando me iba de aquel lugar, mis hormigas me dijeron:

Cuando quieras volver, aquí siempre nos tendrás. Imagínate ahora que puedes detener el tiempo, lo que podrías sentir y comprender. En tan sólo unos segundos, podrás vivir a cámara lenta, a la velocidad que tú quieras, momentos irrepetibles, deteniendo el tiempo a voluntad.

Podrás recrearte en paisajes conocidos o no, llevando de la mano a las personas que tú quieras. Podrás también adelantarte al tiempo, conociendo diferentes variables futuras.

Retrocederás al pasado con sólo desearlo, pero recuerda, que el poder que ahora te damos, deberás utilizarlo únicamente para el bien tuyo y de la humanidad, ya que se volvería contra ti, sí haces de él, un uso malévolo.

Tofy y Copito

Tofy soñaba con tener un AMOR, alguien con quien reír, con quien poder conversar y compartir esos momentos mágicos e importantes de la vida que, a la postre, son los que mejor nos saben y que, muchas veces, nos pasan desapercibidos por parecer los más insignificantes.

Tofy llevaba mucho tiempo solo y había dejado de buscar. Había perdido la esperanza y la fe en el amor. Hubo un tiempo en que tuvo un caballo al que quiso mucho, aunque ese caballo ya no existía.

A Tofy, que era algo solitario, le gustaba caminar por el bosque, oír las hojas crujir bajo las pisadas y a los pájaros cantar. Un día que caminaba por el bosque, al tropezar y caer, vio de pronto un pequeño abeto.

-¿Cómo te llamas? le preguntó:

-Copito.

Durante unos segundos, Tofy lo observó preguntándose la edad que tendría y, sin más reparos, le dijo:

-¿Te gustaría ser mi amiga?

Copito, después de un silencio, contestó:

- Ven a verme cuando quieras. Aquí estaré.

Pasaron los días y Tofy no podía dejar de pensar en Copito. De vez en cuando la buscaba, hablaban, se reían...

Llegó el verano y Tofy se fue de vacaciones. Durante algunos meses no volvieron a verse. Un día del mes de noviembre, Tofy fue a despedirse de Copito, ya que iba a mudarse de casa y no podrían volver a verse.

Tofy, llorando, se lo contó a Copito.

Copito, sonriendo, le dijo:

Llévame contigo a tu casa.

¿De verdad quieres venirte conmigo? ¿Vas a sacrificar tu vida por mí? ¿Vas a dejarlo todo por estar a mi lado?

Claro que sí. Busca algo con que llevarme y me voy contigo. Contigo tendré otras cosas, alguien que me cuide, que me quiera y que me proteja.

Tofy tomó a Copito y la puso en una maceta que se fabricó. La limpió y, con todo el cariño y ternura del mundo, la sacó de su entorno y se la llevó a su nueva casa.

Allí, en su habitación, le buscó un sitio donde nadie la viera cerca de la ventana y donde no pasara frío, ya que el frío y Tofy no eran amigos.

El 24 de diciembre, Tofy presentó a Copito al resto de la familia y rápidamente fue aceptada. Todos los días, después de ir a la escuela, Tofy regresaba a casa a ver a Copito.

Copito lo esperaba y se habían hecho inseparables. Durante unos años fueron muy felices. Pasaron los años y Copito era feliz en su tiesto, pero no crecía porque no tenía espacio suficiente.

Había que tomar una decisión.

¿Qué hacemos Copito? ¿O te busco una maceta más grande o te trasplanto a un bosque cercano?

Copito le contestó:

Quiero quedarme contigo pero debes cuidarme, ya que no creceré como mis hermanos. Si me trasplantas al bosque, no podré pasar tanto tiempo contigo. Prefiero quedarme contigo. Pero debes quererme.

Tofy era feliz ya que, por fin, tenía lo que quería. En cambio, Copito se sentía triste y pensaba que Tofy no la cuidaba como antes, ya que se le quedaba mirando sin decir nada.

Aun así, Copito empezó a florecer y pensaron que, como era demasiado pequeña, era mejor que no diera frutos todavía.

Copito empezó a notar la soledad. Durante días Tofy no le hablaba y cuando le decía algo a Tofy, éste le contestaba de mala manera.

Pasaban los días sin hablarse, ya que Tofy seguía ensimismado en sus asuntos.

Tofy tenía un carácter muy fuerte y Copito era demasiado sensible a sus cambios de humor, a sus prolongados silencios, a sus meditaciones.

Copito empezó a hacerse una nueva vida. Hablaba con las cortinas, con algunas plantas de la casa.

Al celebrar el primer año desde su trasplante al nuevo tiesto, Copito se sentía cada vez más triste. Poco a poco, Copito se fue secando y dejó de crecer y Tofy no lo notaba.

Cumplieron los cinco primeros años de haber compartido su vida y unos días después Copito le dijo a Tofy:

Si no puedo hacerte feliz, yo prefiero morirme. Y si ha sido así es porque me falta lo más importante: *la ilusión*.

En ese momento, Copito murió.

Tofy no podía creerlo. La había matado. La había dejado morir. No la había entendido, aunque la quería con todo el alma.

Tofy entró en una profunda depresión. Venía del colegio y entonces sí que hablaba con Copito. La cuidaba y le cambiaba la tierra, le ponía abono, pero Copito estaba muerta.

Tofy intentó revivir a Copito, pero todo era imposible. La había matado. Copito había sido un apéndice de Tofy. Durante un año, Tofy intentó revivir a Copito, pero era imposible.

Tofy se estaba volviendo loco. Tenía que tomar una decisión.

El mismo día de haber conocido a Copito, seis años después, Tofy la tomó por última vez en sus brazos y regresó al lugar donde la había conocido.

Hizo un agujero y, llorando, la enterró.

Tofy enterró parte de él también.

Al volver a casa, el espíritu de Copito se le apareció y le dijo:

- Tú eres un gran hombre, **yo me siento muy orgullosa de ti** y de nuestra relación. Estoy segura de que algún día encontrarás el equilibrio que ahora a ti te hace falta. Encontrarás lo que te mereces.

Como no tengo una foto de Tofy, Osito me ha pedido que se la sacara a él, porque quería aparecer en el cuento. Además se parecen mucho, son casi idénticos, aunque Osito resulta mucho más independiente.

Mi amigo el árbol.

La tarde otoñal hacía aún más bello el colorido "arbolico", típico de esta estación del año, tan incomprendida para algunos como encantadora para otros.

El calor del atardecer, la tímida brisa, las hojas al caer, bailando, daban la sensación de un paraíso oculto, únicamente perceptible para aquél, que con ansias de tranquilidad y sosiego, pudiese disfrutar de tan incomparable regalo sensual.

Las ardillas correteaban, haciendo caso omiso de los pocos visitantes, que en esos momentos, nos encontrábamos envueltos, entre nuestros recuerdos nostálgicos, con pensamientos que seguro iban más allá de nuestra propia realidad.

Sentía como una paz profunda invadía todo mi cuerpo. El tiempo había dejado de existir, mientras yo buscaba a mis Hormigas del Retiro e inquieto me preguntaba:

¿Dónde estarán?

De pronto oí una voz delante de mí, donde apareció un gran árbol gigante, con grandes ramas elevadas. Al acercarme vi de pronto, una lágrima con la cual, mi nuevo amigo me recordaba que ellos también son seres que sienten, padecen, viven, mueren...

- Podrás estar más cómodo si subes a una de mis ramas.

- ¿Eres tú?

- Quién va a ser, sino. Sé que tú estás buscando a tus hormigas. Ellas ya se han marchado a dormir, pero si lo que buscas es compañía, aquí me tienes a mí, aunque esta vez, tú serás el pequeño de tamaño, pero no te importe, ya que podrás conocer otras perspectivas; diversas opciones de vida y me podrás observar desde una posición de mirada caída.

Aquél bosque debía de estar encantado. Unas hormigas que hablaban, un árbol que me conocía y yo estaba en mitad del Parque del Retiro en pleno corazón de Madrid.

Algunas veces confundimos la realidad con la fantasía, pero me pregunto, lo que sería de los humanos, sino lo hiciésemos de vez en cuando.

De un salto, me sería difícil poder trepar pensaba, cuando veo que mi amigo doblándose, me permitía posarme cómodamente en una de sus ramas y cuando estaba más cómodo a su lado me dijo:

-He aprendido mucho de los humanos, del viento, de la lluvia, de los pájaros, que son muchas veces mis compañeros y en ciertas ocasiones, me siento su padre protector. Cuando ellos construyen sus nidos, sus crías también son algo mío.

>>Me gustan las ardillas, son muy divertidas, siempre ríen o se pelean entre ellas, aunque casi nunca llegan a las manos, pero te acostumbras a sus discusiones.
>>Los pájaros carpinteros me hacen cosquillas al limpiarme de las termitas, porque nosotros también tenemos enemigos.

Así durante largo rato estuvimos hablando, cuando súbitamente mi amigo el árbol me dijo:

-Me siento sólo.

-Es imposible que te sientas sólo. Hablas con la Luna, el viento, los pájaros, el agua. Pasas inadvertido ante muchos humanos.

-Me siento sólo. Te lo digo de verdad, por eso al verte ensimismado en tus pensamientos, te he hablado. Tú te sientes más solitario aún que yo.

>>Sólo conozco lo que veo y ya ves, siempre es el mismo panorama, pero el viento me trae las noticias de allende de los mares. La lluvia me cuenta todo lo que siente y ve, desde que se hace gota de agua, hasta que se transforma en fuente de vida para otros seres.

>>La Luna me cuenta lo que ocurre en el Universo y cómo en los eclipses es amada por el Sol y luego cuando el astro rey se va, ella llora esperando otro encuentro con su amado.

>>A lo largo de los años de mi vida, he aprendido que cada ente debe buscar

en su propio entorno, las condiciones más idóneas para vivir en armonía y no envidiando jamás a nadie. Sólo los dioses, desconocen la envidia, ya que ésta es la tumba del débil.

>>Sí yo te envidiara, me moriría de pena, pues yo sé que nunca podré ser como tú. Puedo pensar y de hecho lo hago, lo que haría si yo, en lugar de ser un árbol, fuese humano, pero nunca desearía serlo, a no ser que pudiese lograrlo alguna vez.

>>Además, lo que vosotros llamáis felicidad está en uno mismo; lo difícil es llegar a ella y saberla comprender.

>>Muchas veces a mi sombra, algunos humanos han discutido sobre ello, se han escrito infinidad de libros, derramado lágrimas, pero la felicidad es algo muy sencillo.

>>Es tan simple que no tiene significado igual para todos. Para mí es poder hablar contigo, ver este atardecer, sentir como mis amigos buscan en mí su protección y su descanso.

>>Mira el atardecer y observa los distintos colores del cielo. Fíjate en las nubes y aprecia cómo se agrupan para viajar juntas a su destino y conforme el viento sopla, forman figuras un tanto caprichosas.

>>Pon atención por favor y observa el horizonte, cómo Nuestro Padre el Sol se despide; incluso la brisa sopla más fuerte. Pronto casi no tendremos visibilidad, pero si te das cuenta, puedes ver en la oscuridad, ya que no resulta tan difícil como crees. Es sólo cuestión de proponerlo.

>>Ahora tú regresarás a tú casa y sin embargo, aquí continuaré, hasta que no me quede más savia de vida.

>>Tú podrás conocer muchos lugares, de los que yo, ni siquiera me puedo imaginar.

>>Vendrás a verme todas las veces que quieras y aquí me tendrás con los brazos abiertos, pero por Dios, nunca me tengas lástima.

>>La inmovilidad es mi lado negativo, por eso no puedo envidiarte, porque nunca conseguiré trasladarme. Ya ves, no me importa, porque yo he asumido mi condición de árbol y eso implica el que nunca podré trasladarme a

no ser que fuese un bonsái. Pero no lo soy y estoy encantado de ser como soy.

>>Algunas veces me pregunto: ¿Cuántos humanos quisieran tener mis sensaciones?

>>Pero de qué les sirve a la mayoría, poder trasladarse, si luego no van a ninguna parte y cuando por fin lo hacen, no perciben lo que les rodea.

>>Tú de verdad crees, que yo puedo envidiar a esa gente, que vive sin saber por qué lo hace, que padece sin querer, que sufre, pero luego es incapaz de comprender, para qué está en la vida.

>>Son los típicos que sólo se quejan, pero que son incapaces de vivir su vida con armonía, sabiendo lo que hacen y el por qué lo hacen.

>>Sólo padecen y se contentan en pensar que nacieron así y así se quedarán toda su vida.

De repente el árbol detuvo su plática e intuí que ese era un momento importante en mi vida y que por tanto tenía que saberlo aprovechar. Así que me armé de valor y le pregunté, lo que él haría si fuese un ser humano.

-Te he dicho anteriormente que no quiero planteármelo, ya que nunca lo seré, porque conozco mis limitaciones.

-Anda ya. Hazlo por mí y apóyame con tu experiencia. Tú has escuchado los problemas de miles de personas y debes por ello tener una perspectiva de confesor. Tu conocimiento me servirá como un trampolín para poder controlar mejor mi destino.

-Vale. Lo haré con una sola condición. Cuando termine de hacerlo, tú me contarás con pelos y señales, cómo quieres que sea tu futuro.

-De acuerdo-. Acepto tu reto, así que dime lo que harías si fueses humano.

-Empezaría por ser más sincero conmigo mismo y aprendería a comunicarme de una manera clara y efectiva con los demás y así controlaría mi destino.

-¿Cómo lo harías?

-Disfrutaría del aquí y del ahora. De este precioso y único momento, ya que cada segundo es único, porque no hay instantes vacíos.

>>En el caso de que mi vida no me llenara, cambiaría de rumbo, destino y rutina. Lo haría siendo consciente de mis facultades y asumiendo que soy único responsable de mis actos.

>>*Confucio* decía que los hombres extremadamente sabios, son los que controlan su destino, mientras que los ignorantes no cambian por miedo a asumir, que son ellos mismos los responsables de su suerte.

>>Mira, de una manera u otra, todos nosotros queremos escapar de la rutina, ya que cuando ésta nos atrapa, necesitamos huir del aburrimiento, del dolor, del miedo. Decía Houdini el mayor escapista que ha existido:

"A lo largo de los años he aprendido cómo librarme de lo anodino, de lo vulgar, del agua sucia estancada que era mi vida. La gente se deja atrapar por el miedo, el dolor, la angustia y la depresión. Pero yo no. El miedo me dice que sigo vivo. Al contrario de los otros yo no escapo de la vida; escapo de la muerte. Puedo escapar casi de cualquier cosa: cadenas, camisas de fuerza, grilletes, pero de lo que no puedo escapar es de mi"

Oír aquellas palabras provenientes de alguien que luchó por vivir intensamente, me causó una profunda impresión. Tanto fue así que durante un tiempo indeterminado, me quedé flotando...

El árbol al mover sus ramas, me trajo nuevamente a la realidad, diciéndome:

-Ten en cuenta que el conocimiento que tenemos de la vida, no es igual a la sabiduría, ya esta se aprende, mientras que el otro se consigue, llevándolo a la práctica del día a día, haciendo que nuestro pasado nos sirva de trampolín y no de sofá.

>>Los animales y las plantas no le tenemos miedo a la muerte como la tiene el ser humano. Lo realmente chocante es que la humanidad, teniendo la capacidad de alterar su destino, se encuentra incapaz muchas veces de disfrutar de la vida de todos los días.

>>Vivir la vida es elegir ser el dueño de tu destino. O ser una víctima, un verdugo, o cualquier otra cosa que te propongas. Asumiría entonces que nunca y digo nunca, me rendiría ante lo que me apasiona, encontrando el amor en todo lo que hago. No hay que pensar ni sobre actuar, sólo hacerlo. Para saber dónde cae la piedra, hay que tirarla primero.

Durante unos segundos sentí cómo me miraba en lo más profundo de mi alma y dándome una palmada en la espalda con una de sus ramas, prosiguió:

-Segundos antes, cuando te he comentado lo de pensar, me has mirado raro, como no comprendiendo lo que quería decirte.

-¿Qué debemos hacer entonces?

-Dejar de desear, ya que esto por sí mismo, no te lleva al compromiso. Si decimos, *quiero trabajar*, entonces tendré que decidir en qué tipo de labor voy a lograrlo. Por otro lado el *deseo*, no implica riesgo ni acción. Sólo esperar a lo que posiblemente nunca llegará, porque no hacemos nada por lograrlo, ni pagamos el precio de vencer el miedo, ni el de equivocarnos.

>>Recuerda a nuestras amigas las *hormigas*, que te enseñaron meses atrás, que cuando sabemos lo que queremos y pagamos el precio de ir a por ello, la incertidumbre deja de crearnos miedo y las dudas desaparecen. Empezamos a

liberarnos de todos nuestros temores y también de nuestro pasado, que nos mantenía atrapado.

-¿Cómo lo harías?

-Empezaría por lo pequeño y poco a poco me concentraría en proyectos más grandes. Eso me daría la fuerza de voluntad necesaria, para saber que soy capaz de conseguir lo que me propongo, controlando mi destino, disfrutándolo, segundo a segundo de la disciplina que me he impuesto. En cierta ocasión escuche una frase de Sigmund Freud que decía:

"La gran mayoría de las personas no quieren ser libres, porque la libertad implica responsabilidad y la mayoría tiene miedo a la responsabilidad"

Por un momento tuve que detener mi pensamiento y asimilar lo que mi amigo el árbol me decía. Desde mi primer encuentro con las hormigas, mi vida había dado un vuelco y me encontraba mucho más tranquilo, con mejor salud, pero todavía tenía que aprender mejor a cómo controlar mi destino y aquello era una oportunidad magnífica.

El tiempo se detuvo por unos instantes y me trasladé mentalmente a escuchar la Novena Sinfonía de Beethoven. Los minutos debieron de convertirse en horas, porque me había quedo dormido. Al despertarme era de noche y la Luna iluminaba el cielo estrellado.

Recordaba a Gandhi cuando decía que cada persona debe de encontrar su paz interior y la paz para que sea verdadera, debe ser ajena a las circunstancias.

Me estiré como si fuese un felino, todo lo que pude y cuando me encontraba descansado, escuché al árbol decirme:

-Debiste tener un buen sueño, ya que hasta las ardillas que viven en lo alto de mis copas se quejaron de tus ronquidos. Me alegro el haberte podido apoyar. ¿Puedo hacer algo más por ti?

-¿Cómo puedo saber lo que quiero?

-Para cambiar tu destino busca en tu interior y escribe tu propia historia. Tan sólo tienes que ser valiente para poder verlo.

-En mis sueños lo acababa de ver y resultaba magnífico.

-¿Qué fue lo que viste?

-**Mi futuro.** Viajaría por todo el mundo, dedicándome a estudiar a los humanos y sería antropólogo, conviviendo con tribus de los cinco continentes. El tener una visión diferente, aunque algo infantil, de la manera de interpretar mi vida, me brindará la oportunidad de en lugar de luchar contra el mundo, lo haría para llevar a cabo mis proyectos a la práctica. Además por fin se cómo hacerlo. Primero definiré punto por punto todo aquello que quiero realizar. Pagaré el precio de hacerlo.

-¿Pagar el precio?

-Sí quiero ser doctor y volver a la universidad, tendré que sacrificar parte de mi tiempo y esfuerzo en realizarlo, amén del precio de la matrícula, libros etc...

Le pondré fechas de cumplimiento y pasaré a la acción. Buscaré un nuevo trabajo, donde pueda viajar apoyando a los demás y ganarme mi vida a plena satisfacción. Escribiré libros, daré conferencias y volveré a vivir la vida con la ilusión de un niño.

Diré adiós a las tristezas, aceptando la pérdida y los cambios producidos en mi vida. Marcaré límites a mis enfados y no dejaré, que los que me rodean, contaminen mi mundo.

Cuando sienta asco por algo, o por alguien, **diré no**, apartándolo de mi mente. Sabré dirigir mis sorpresas y de esa manera las experimentaré día a día, momento a momento.

Por último, disfrutaré de la alegría sin dejar que la euforia me controle y supere, dejándola que fluya por cada poro de mi cuerpo.

Asimilaré lo que Helen Keller me enseñó: *"La vida es una vida arriesgada o no es nada"*.

-Muy bien dicho. Ahora deberás ser el arquitecto de tu vida y el único responsable de tus sentimientos. Pero, dime:

¿Cómo controlarás tus emociones?

-No lo sé todavía. Ayúdame por favor.

-No pienso hacerlo.

-¿Por qué, si ya lo hiciste antes?

-No confundas el apoyar con ayudar.

-¿Qué diferencia existe?

-Mucha. Si me pides una botella de agua y quiero ayudarte, la busco y te la doy. Sí quiero apoyarte, te diré dónde la puedes encontrar.

-De acuerdo. Apóyame para que pueda controlar mis emociones. ¿Qué debo hacer?

-Sonríe muchas veces al día. Después del agua, la sonrisa es uno de los mayores antioxidantes que tenemos, debido a que produce una serie de cambios bioquímicos, que modifican nuestra emoción y favorece nuestra salud, armonía y nos llevan directo al éxito y a la abundancia.

-Y ¿Cómo debo enfrentarme con mis problemas, cuando no encuentro una solución?

-Deberás reenfocarlos. Todo problema trae algo positivo. Recuerda por un momento como fueron tus mayores fracasos. Se aprende de verdad cuando convertimos nuestros mayores fracasos en los mejores éxitos. Te diré que al hacerle frente al fracaso, éste se convierte en el mayor abono para lograr el éxito.

-¿Y, la salud?

-Practica ejercicio y camina. Deberás emprender el Camino de Santiago. La primera vez que lo hagas, será como una promesa y las siguientes, como un premio. Si en lugar de árbol, fuese humano, empezaría en Francia y terminaría en el Atlántico.

-¿Y, mis sentimientos?

-Exprésalos sin miedo. No los guardes dentro de ti. Ponlos fuera conversando con la persona que te lo produjo o escríbele una carta y dile tus sentimientos.

-¿Dime por favor dos canciones que te gusten mucho?

-La Feria de las Flores cantada por Lola Beltrán y The Best con Tina Turner.

-Muy bien. Escucha música alegre que te transporte a situaciones positivas. Cuando estés triste, o una preocupación no te deja tomar las mejores decisiones, escúchalas. Serán como un detonante que te transporte a mejores situaciones.

>>Tienes que aprender a tener auto-conciencia. Es la habilidad para reconocer y comprender los propios estados emocionales, sentimientos, rasgos, así como el efecto que producen en las personas que te rodean. Cuando seas capaz de conocer tus emociones, podrás deducirlas de los otros y dirigirlas hacia bienes específicos. Se inteligente emocionalmente.

-¿Inteligencia Emocional?

-Si. Para Daniel Goleman, es la capacidad que tenemos para reconocer sentimientos en sí mismo y en otros, siendo hábil para manejarlos al trabajar con otros.

-¿Cómo puedo reconocer a una persona con Inteligencia Emocional?

-Es muy fácil. Cuando sonríe constantemente y tiene control sobre sus emociones. Cuando es capaz de adaptarse a las circunstancias y modificarlas. Recuerda a Darwin cuando decía que *sólo sobrevivirá el más fuerte y el más fuerte es aquél que sabe adaptarse*.

-¿Y, la empatía?

-Resulta muy interesante ponerse en la piel del otro. Mírate al espejo y modela las expresiones de la persona que quieres conocer. La manera en que habla, viste y actúa. Eso te abrirá muchas oportunidades de entenderla mejor y recuerda que:

"Las oportunidades tienen el hábito de aparecer por la puerta de atrás y a menudo viene disimulada con la forma de infortunio, o de la frustración temporal. Tal vez por eso hay tanta gente que no consigue reconocerla". Napoleón Hill.

-Cuídate y ten una vida saludable. Aliméntate adecuadamente y tendrás la energía para mover el mundo de tu mundo. Ve regularmente al médico sobre todo a partir de los treinta años. Practica yoga u otras técnicas que te proporcionen una mayor tranquilidad y armonía. Aprende a comunicarte contigo mismo y con los demás.

>>Se fiel a ti mismo y como decía Beethoven: *aunque fuese por un trono, nunca traicionarás a la verdad*.

>>Deberás trabajar en aquello que te gusta, pero recuerda que la felicidad consiste en disfrutar de todo aquello que haces.

Mi amigo después de una pausa prosiguió:

-Eso me recuerda a Goethe que escribía en Werther: Los hombres viven para trabajar y el poco tiempo que les queda libre, hacen cualquier cosa por perderlo. ¡Oh destino del hombre, pobre humanidad!

El ruido alejado de un búho nos llamó la atención y durante unos segundos el silencio de la noche nos hizo compañía. Pero el árbol estaba lanzado y prosiguió:

-Tienes que aprender a tener un fuerte sentido de lo que es importante y no divagar en cuestiones inútiles, entre esto o aquello. Los humanos perdéis mucho tiempo decidiendo lo que hacer y la mayoría de vosotros no ha aprendido a controlar su tiempo.

>>Cuando algo es importante y urgente, hazlo en ese momento. Si es importante y no urgente, planifícalo. Si por el contrario es urgente pero no importante, delégalo.

>>Si no es importante ni urgente, tíralo a la papelera.

-Muy buena idea. A partir de ahora, lo asumiré como tal.

-En el momento en que aprendes a controlar tu tiempo, tu calidad de vida se incrementa notablemente. Muchas gracias por explicármelo.

-De acuerdo. Aunque recuerdo una frase que dice: "Las cicatrices nos recuerdan donde hemos estado, pero no nos dicen hacia dónde vamos.

-¿Qué es lo que me quieres decir?

-Cuando tuve mi encuentro con las hormigas, mi vida era muy diferente. No sabía cómo podía disfrutar del momento, porque vivía a toda velocidad. Siempre inmerso en un ritmo acelerado, para conseguir propósitos mayormente baldíos e intrascendentes.

Mientras hablaba contigo, he tenido flashes de lucidez que me decían: ahora lo tienes. Vive la vida que tú quieres vivir y no la que a otros les interese. Aflojaré mi ritmo y disfrutaré de los pequeños momentos, porque todos acabaremos bajo tierra.

Gracias a tus consejos, en este momento estoy descubriendo, un mundo más amplio, que en el que había crecido y a partir de hoy, cada vez que tome el metro o camine por la calle o atraviese un parque, pondré todos mis sentidos en ello, en el aquí ahora.

-Todos elegimos en la vida. Lo difícil es vivir con ello y no hay nadie que te pueda apoyar, si previamente no estás preparado.

-Cuando estaba medio dormido, suspendido en tus ramas, vivía un sueño donde podía ver mi futuro pero no podía tocarlo. Era como si estuviese viendo una película donde yo era el protagonista. Dudaba en que hubiese una conexión entre lo que soy y lo que veía o imaginaba.

-Anry Lexson decía y con razón, que los ojos sólo ven lo que la mente está preparada para comprender.

-La vida es una sucesión de símbolos, pero en realidad somos nosotros los que le damos el significado. Imagina por un momento, ¿cuántos seres humanos son realmente libres de vivir la vida que ellos han elegido?

>>Sólo los que no tienen deudas, ansiedad, estrés, miedos, fracaso, etc., saben los que es vivir disfrutando. La pena es que la mayoría de los que lo consiguen, ya no tienen la edad de realizar esas aventuras, que siempre soñaron hacer.

>>Viven instalados en la rutina. Se preguntan a diario, lo que están haciendo con su vida y muchas veces no logran desengancharse de esa vida tan monótona y aburrida.

>>Si por un momento estuvieran a punto de morir, su vida cambiaría. Dejarían de preocuparse por lo que nunca pasará y vivirían la vida intensamente, con ilusión, pasión, fe, alegría, utilizando estrategias ganadoras.

Antes de despedirme de mi amigo el árbol, quería hacerle una última pregunta, así que sin pensármelo dos veces le inquirí por la autoestima.

Autoestima

Autoestima es la facultad de saber que podemos hacerle frente a todas las circunstancias que la vida nos ponga en nuestro camino, con plena seguridad y confianza de que las superaremos, disfrutando de ello con pasión, valores, energía, fe, estrategia, energía, adhesión y comunicación.

Baja autoestima: no soy quien quiero ser, ni aquel que creo que soy. Dejamos de soñar, de vivir, y nos conformamos con lo que creemos que nos toca vivir. Repetimos constantemente las mismas situaciones vividas, porque no hemos aprendido la lección de que todo lo difícil que nos ha pasado son lecciones que debemos de aprender.

El pasado no es lo que nos pasó, sino lo que nosotros hacemos con lo que nos pasó.

Las personas triunfadoras tienen el valor de arriesgarse y cuando se caen, se vuelven a levantar y empiezan de nuevo. No se rinden ante la adversidad ni tienen miedo de lo que opinen los demás sobre ellos.

¿Quién no quiero ser?

¿Creencias limitantes?

¿Zona de confort?

Eleva tu ego. ¿Quién quiero ser?

El tiempo giraba, daba vueltas, Nosotros allí sin hablar, captando todo aquello que pensábamos.

El amanecer se hizo presente y yo estaba alegre, radiante, con confianza, armonía y sabiendo que por fin conduciría mí destino. Al despedirnos me dijo:

-Te das cuenta que viniste a mi
buscando a tus hormigas y ahora ya ves,
es otro día.

El MONSTRUO QUE SE CONVIRTIÓ EN MARIPOSA

Cuentos y relatos con
Inteligencias Múltiples, IE,
PNL y Bullying

Aplicado a
nuestra vida

Motivación, cambio, superación y éxito

DR. Benigno Horna

MHRP

Benigno Horna de la Cruz (Spain):
Instructor - Bircham International University
Doctor Ph.D. Psychotherapy - Hypnotherapy
Bircham International University, (2011)
Expert in Integral Therapy MHRP
Bircham International University, (2009)
Expert in Personal Coaching
Universidad Camilo Jose Cela, Spain (2007-2008)
Expert in NLP- NeuroLinguistic Programming
Universidad Camilo Jose Cela, Spain (2007-2008)
Doctorate Research in Social Anthropology
Universidad Complutense de Madrid, Spain (1996-1998)
Doctorate Research in Business & Economics
Universidad Complutense de Madrid, Spain (1989-1991)
Licenciate in Business & Economics
Universidad Complutense de Madrid, Spain (1975-1983)
Degree Research: Terapia MHRP (Video Format), Como soy y como nos ven, El

destino no existe, Pentimientos.
Hipnoterapia utilizando IE, PNL, Coaching
e Hipnosis.
TESTIMONY: "Para mí ha sido inestimable
contar con el apoyo de BIU para el
desarrollo y reconocimiento de mi
programa de Terapia Integral MHRP."

Diario de un coach
PNL e Inteligencia Emocional

Benigno Horna

Pentimentos
Novela de Amor, desamor y sexo

¿Alguna vez te has arrepentido
de no estar con alguien?

Benigno Horna
MHRP

Me case con una
ESPÍA

Benigno Horna
MHRP

Printed in Great Britain
by Amazon